사각 사각

자신과 사랑에 빠지는 비밀

사랑하는 생각 사랑받는 생각

지은이 이향남
펴낸곳 북포스
펴낸이 방현철

편집자 이민혜

1판 1쇄 찍은날 2018년 3월 23일
1판 1쇄 펴낸날 2018년 3월 30일

출판등록 2004년 02월 03일 제313-00026호
주소 서울시 영등포구 양평동5가 18 우림라이온스밸리 B동 512호

전화 (02)337-9888
팩스 (02)337-6665
전자우편 bhcbang@hanmail.net

이 도서의 국립중앙도서관 출판시도서목록(CIP)은 e-CIP 홈페이지(http://www.nl.go.kr/ecip)와
국가자료공동목록시스템(http://www.nl.go.kr/kolisnet)에서 이용하실 수 있습니다.
(CIP제어번호 : 2018007192)

ISBN 979-11-5815-017-4 03800
값 13,000원

자신과 사랑에 빠지는 비밀

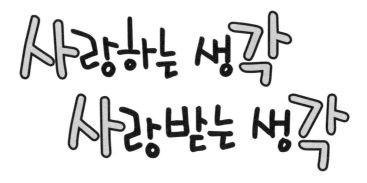

내가 나를 사랑할때 비로소 모습을 나타냅니다

이향남 지음

북포스

용기를 받고 싶은 날,
손으로 꾹꾹 눌러 써 내려간
사랑하는 생각, 사랑받는 생각

내가 하던 고민들을 다른 사람들도 한다는 것을 알고난 뒤
나를 위해 적어두었던 짧은 글들을
그들과 공유하기 시작했습니다.

서로의 생각에 공감하고 힘들어하는 마음에 용기를 주고받고
아쉬웠던 과거가 있어 더 소중한 현재를 느낍니다.

성장을 위해 꼭 힘들어야 할 필요는 없지만,
내 삶을 나답게 만들기 위해선 때론 상상력도 필요하며,
일상이 지루해질 때 머리에 맴도는 질문들도 있습니다.

생각, 마음, 현재, 성장, 상상 그리고 질문이라는 주제로
나를 사랑하는 생각, 나에게 사랑받는 생각을 만들어 봅니다.

힘이 되는 글을 만들어준 만년필에게
잉크회식이라도 배부르게 시켜줘야겠습니다.

이 향 남

part 1.

생
각

part 2.

마
음

Part 3.

현
재

Part 4.

성
장

Part 5.

상
상

흔한 일을 잘 하면 흔하지 않는 삶이 됩니다

사랑과 편리

감각과 경험의 진실

오래된 나

익숙함

근거 없는 자신감

재능의 수요

Part 6.

질
문

사랑하는 생각
사랑받는 생각

생

각

상상으로 만든 삶

다른 사람들이 만든 상상 속에 살아갈 것인가?
내가 상상으로 만들어 가는 세상에서 살아갈 것인가?

우리는 상상 속에서 살아갑니다.
아침 출근길,
메시지를 확인하는 휴대폰, 출근할 때마다 타는 지하철,
도착해서 켜는 노트북도,
누군가의 상상으로 만들어 졌습니다.
알고 보면, 우리는 그들의 상상 속에 살고 있습니다.

나도 내가 만든 상상 속에 살아가고 있습니다.
지금 다니고 있는 회사도,
내가 입고 있는 옷도,
하고 있는 사업도,
모두 내 상상에서 시작해서 현실로 나왔습니다.

아무것도 만들 수 없을 거라는 현실 때문에

다른 사람이 만든 상상 속에서만 살지는 않은지.

당신의 삶은 상상대로 만들어지고 있습니다. 지금도.

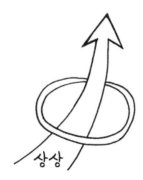

상상

쭈글쭈글한 주름이 주는 힘

구겨지고, 주름지면 곧게 펴려고만 하는 마음이 있습니다.
자존심이 구겨지면 다림질을 해서라도 펴고 싶고
이마의 주름은 성형을 해서라도 펴고 싶은 마음.
하지만, 주름이 주는 대단한 힘,
쭈글쭈글한 주름이 주는 힘을 생각해 봅니다.

뇌의 쭈글쭈글한 주름은
복잡한 시대에 스마트한 관계를 연결해 주는
섹시한 뇌가 되게 해줍니다.
구불구불하게 주름진 길은
우리가 생각하지 못한 경이로운 경치를 보여줍니다.

부모님의 쭈글쭈글한 손은
나를 성장시킨 힘이 되었습니다.
삶의 굴곡과 주름을 이기고 살아남은 사람의 내면에는
단단한 지혜의 힘이 쌓입니다.

하지만, 쭈글쭈글한 주름의 힘은,
쭈글쭈글하게 되기 전까지는 알기 힘들 수도 있습니다.

보이지 않는 간격이 만드는 힘

보이지 않는 '간격이 만드는 힘'이 있습니다.
동료가 좋은 일을 하면, 칭찬을 합니다.
하지만, 칭찬을 먼저 하면
그 칭찬을 증명하기 위한 노력 덕분에
더 좋은 결과가 나옵니다.

열심히 노력했다면, 기다림도 필요합니다.
포기하지 않는 그 기다림의 시간에, 뜻하지 않은 일들이
일어납니다.
친구를 생각하고 있는데, 그 친구에게서 전화가 옵니다.
우연이라고 하지만, 사람들 마음의 주파수는
서로 연결되어 있습니다.

모든 것은 '간격'에서 일어납니다.
칭찬과 결과의 간격.
노력과 기다림의 간격.
생각과 우연의 간격.

아무것도 없는 '텅 빈 간격'같지만
그 간격에서 '우연과 같은 기적'들이 일어납니다.

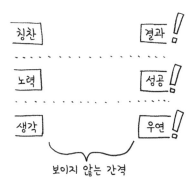

삶의 세가지 관전 포인트

중요한 것은 없습니다.

중요하다고 생각하면 문제없던 상황도 '문제'가 되어버립니다.

기대하지 마세요.

상황이 어떻게 될 것이라는 기대는 '불안'만을 만듭니다.

판단하지 마세요.

삶은 부족한 부분을 채우도록 '의도'를 가지고 기회를 줍니다.

기억과의 싸움

누군가와 갈등이 생겼습니다.
마음에서 심하게 동요가 일어납니다.
화도 나고, 짜증도 납니다.
마음속이 싸움터가 되었습니다.

내가 싸우고 있는 대상은 무엇일까요?
나를 힘들게 했던, 화나게 했던 사람일까요?
아니면, 나를 그렇게 만든 상황일까요?

알고 보면,
나는 내 '기억'과 치열하게 '싸우고' 있는 중입니다.
내가 '기억'을 이겨도 힘들고
내 기억이 '나'를 이겨도 힘듭니다.

나와 내 기억의 전쟁터가 바로 '마음'이기 때문입니다.

나 vs. 기억

생각에는 중력이 없습니다

우리는 생각을 하다 보면 계속 그 생각에 빠져듭니다.
두려운 생각이 흐르면 어떤 행동을 취하기 어렵고,
부정적인 생각이 쏟아지면
어떤 가능성도 보기가 힘들어 집니다.

하지만, 생각에는 중력이 작용하지 않습니다.
흘러가는 생각도 쏟아지는 생각도
잠시 멈춰서 바라보면, 생각도 거기서 멈춥니다.
그저 생각뿐일 때가 많습니다.

생각공장

생각공장이 있습니다.
중간에 공장장이 통제하지 않으면
같은 패턴의 생각을 계속해서 만들어냅니다.

좋은 생각만 하는 것도
부정적인 생각만 하는 것도
좋은 생각을 하다가 부정적인 생각으로 바뀌는 것도
모두가 생각공장에서 만든
습관이라는 제품입니다.

생각공장에 아무도 개입하지 않으면
같은 감정의 생각만 대량생산해 냅니다.

당신만이 공장을 통제할 수 있습니다.
생각공장의 공장장이 당신이니까요.
당신의 허락 없이는 아무것도 만들어지지 않습니다.

관심과 열정

열정은 영혼을 불사르는 것,
관심은 아까운 시간만 불태워 버리는 것입니다.

열정적으로 하고 싶은 것에 헌신하는 사람은
원하는 것을 찾게 되지만,
단지 관심만 갖고 주위를 기웃거리는 사람은
변명거리를 찾을 뿐입니다.

관심은 움직이고 있다는 착각을 만들어주지만,
열정은 실제로 움직임을 만들어주는 힘입니다

열정이 성취로 이어지는 이유는
성취는 과정의 산물이자, 경험의 산물이기 때문입니다.

작지만 중요한 차이

일을 즐거워하면 사장이 될 수 있지만,
열심히 한다고 사장이 되는 건 아닙니다.

　'할 수 있다.'고 생각하면 가능성이 생기지만,
　'이건 힘들어.'하고 생각하면 100% 안됩니다.

아무것도 아닌 것 같지만
중요한 차이입니다.

삶에 영향을 미치는 세 마디의 말

모든 게 마음먹기에 달렸다고 하지만,
뜻대로 쉽게 되지 않을 때가 많은 것도 현실입니다.

누구를 탓할 수도 없는데
우리는 꼭 탓할 대상부터 찾게 됩니다.
그게 마음이 편하니까요.
우리의 마음은 답을 이미 알고 있지만
생존 본능의 힘이 마음의 힘을 누를 때가 많지요.

세 마디의 말로, 마음의 힘을 느낄 수 있습니다.
내 삶에 영향을 미치는 '단 세 마디의 말'입니다.

내가 나를 치유하는 세 마디
　"나는 나를 사랑합니다!"

나의 성공을 방해하는 세 마디
　"나는 시간이 없어요!"

내가 화난 나에게 하는 세 마디
　"긴 호흡을 하세요!"

나를 깨우는 세 마디
　"내 꿈이 원해요!"

잘못한 당신에게 하는 세 마디
　"난 당신 편이에요!"

지금 이 글을 읽고 있는 당신에게 하고픈 세 마디
　"당신의 삶을 응원합니다!"

두려움에 대한 생각

내가 알고 있는 나에 대한 두려움은
바라봐 주면 사라집니다.

처음 해보는 일이 두렵다면,
우리 마음이 하는 생각을 바라봐 주세요.

처음 시도해 보는 일에 끊임없이 고민하게 되는 것은,
주위의 부정적인 목소리보다
내 마음의 두려운 목소리가 더 큰 영향력을 발휘하기
때문입니다.

나를 방해하는 유일한 것은
내 생각이기 때문입니다.

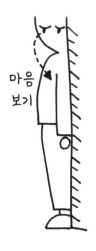

마음
보기

의도의 힘

시간이 지나면 지날수록
'강하게 와 닿는 것'이 있습니다.
모든 일에는 의도가 있다는 것을.
우리가 하는 사소한 일에도
반복되는 일상에도 항상 의도가 담겨 있습니다.

지나고 나면,
'아 그래서 그랬구나!'
'그때의 경험 때문에 지금의 내가 있었지!'
이렇게 말하는 것도
지나고 나서야 의도를 깨닫게 된 경우입니다.

뭔가를 시작하기 전에

아니면, 지금 일어나는 모든 일에서

 '의도'를 느껴보세요.

우리가 하는 일에서 의도를 분명히 하지 않으면,

 '불확실한 것을 의도'한 의도 때문에

허무하고 불확실한 것만 경험할 뿐입니다.

 '나 오늘 뭐 했지?'라는

100%와 99%의 믿음

나를 믿는 것과
나를 믿는다고 생각하는 것,
나의 잠재력을 믿는 것과
나의 잠재력을 믿는다고 생각하는 것,

같은 표현인 줄 알고 쓰지만
우리의 의식은 다르게 받아들입니다.

100%와 99%
사소한 차이 같지만
믿음에 있어서는 전부입니다.

99℃에서 물은 끓지 않듯이,
99%의 믿음은 믿지 못할 결과만을 만들어 냅니다.

난 내 믿음을 믿는다고 생각하는 대신
내 믿음을 오롯이 믿기로 했습니다.

기회에 대한 생각

기회가 오지 않는 것이 문제가 아니라
기회가 오지 않을 것이라는 생각이 문제입니다.

기회가 오지 않는 사람은 없습니다.
기회가 오지 않는 시기도 없습니다.

그런 기회가 오지 않을 것이라는 생각이
그 기회가 지금은 아니라는 생각이

기회와 점점 멀어지는 이유입니다.

생각과 변화

기존 생각을 변화시키는 힘이 있는 생각

어떤 생각이든 마주설 수 있는 용기를 가진 생각

부정적인 생각에 휘둘리지 않는 신념이 넘치는 생각

다른 생각을 받아들이는 유연한 생각

우리를 변화시키는 생각의 힘, 용기, 신념 그리고 유연성.

변화가 쉽지 않은 것은

우리의 생각에 힘과 용기, 신념과 유연성이

부족하기 때문 아닐까요?

아무도 당신을 부끄럽게 생각하지 않습니다.

지인에게서 전화가 왔습니다.
"당신에게 너무 부끄러워서 연락을 못했습니다."

그는 대학을 졸업하고 젊은 나이에 사업을 했습니다.
실력으로 이끌던 사업은 정말 잘 되어
돈도 많이 벌게 되었습니다.

그는 하던 사업을 그만두고,
자기가 하고 싶었던 다른 사업을 시작했습니다.
하지만, 새로 시작한 사업에서 1년도 안 돼 부도가 났습니다.
정신적 충격은 정말 클 수밖에 없었습니다.
그러던 그가 1년 남짓 만에 연락이 온 것입니다.

"이제는 조금 안정이 되었어요. 그때,
당신이 보내준 문자를 받고 정말 고마웠지만
연락할 용기가 나지 않았어요."
솔직한 그의 말에 맘이 울컥 했습니다.

사랑하는 생각 사랑받는 생각

"잊지 않고 연락줘서 고마워요."
"어려움을 이겨내고 안정을 되찾았다니
진심으로 축하해요"

태어나서 처음으로, 받아들이기 힘들 정도의 충격에.
마음이 정말 힘들었을 것입니다.
전화를 끊기 전, 그에게 내 마음을 전했습니다.

"부끄럽게 생각하지 말아요.
당신만 당신을 부끄럽게 생각하지 않는다면, 아무도 당신을
부끄럽게 생각하지 않아요."

"당신은 정말 대단한 사람이에요."

사실, 우리 모두는 이미 대단한 사람들입니다.

우물쭈물하다가 내 이럴 줄 알았다!

#1.

우물쭈물하다가 내 이럴 줄 알았습니다.

항상 우물쭈물하던 습관이 있었어요.

일어날 때 이불 속에서 우물쭈물하다가

회사에 지각한 적이 한두 번이 아니었어요.

운동하러 갈까 말까 우물쭈물하다가

항상 체육관에 뒤늦게 고개 숙이고 들어갑니다.

글을 쓸까 말까 우물쭈물하다가

매일 머리만 쥐어짜며 한 문장도 제대로 쓰지 못한 날이

많았습니다.

우물쭈물하다가 내 이럴 줄 알았습니다.

#2.

우물쭈물도 안했으면, 이런 줄도 몰랐을 것입니다.

우물쭈물도 나름 의미가 있었어요.

이불 속에서 우물쭈물하면서 생각한 아이디어가

업무성과로 이어져 더 큰 회사에서 일하게 되었어요.

우물쭈물하다가 늦게라도 씩씩하게 들어가서 하던 운동은

건강한 삶과 몸을 가져다 주었죠.

우물쭈물하면서 쓰던 책도

1년 가까이 걸렸지만, 그래도 세상 밖으로 나왔습니다.

우물쭈물하다가 늦은 게 문제가 아니라,

아무것도 하지 않으면서

 '우물쭈물'하지도 않는 것이 더 큰 후회를 불러 옵니다.

생각 청소

생각을 하는 것 자체가 문제는 아닙니다.
그 생각에 묻어 있는 얼룩진 기억, 감정이 문제입니다.

오랜 시간이 지나면
생각이 무뎌지게 되어 문제가 해결된 것처럼 보이지만
자신의 몸 속에 바이러스처럼 잠복해 있습니다.
잠복해 있는 얼룩진 기억과 감정은
일상의 모든 일에 무의식적으로 나타납니다.

생각을 안 한다고, 피한다고,
문제가 해결되는 것이 아니라,
몸 속에 앙금으로 남아있는
얼룩과 감정을 청소하는 것이
우리를 자유롭게 합니다.

위대한 치유자

한 번씩 몸에는 좋지 않은 음식을 먹기도 합니다.
하지만 정말 몸에 안 좋은 건 그 음식이 아니라
그 음식이 몸에 안 좋을 것이라는 생각이 더 안 좋습니다.

일하면서 스트레스를 받기도 합니다.
하지만 안 좋은 것은 스트레스가 아니라,
스트레스는 안 좋다고 생각하는 것 자체가 더 위험합니다.

몸에 좋지 않은 것을 먹을 때, 음식에게 말을 걸어 보세요.
 "사랑해, 고마워!'

스트레스 받는 상황이라도 스트레스에게 말을 걸어 보세요.
 "괜찮아, 잘 될 거야!'

모든 것은 생각에서부터 시작되고
가장 위대한 치유자는 '기분 좋은 생각'입니다.

희망과 두려움

희망은 모든 일에 대한 가능성을 가르쳐 주고,
두려움은 모든 일에 대한 변명을 가르쳐 줍니다.

두려움이 없을 수는 없습니다.
두려움을 희망으로 극복할 때
두려움의 힘보다 희망의 힘이 강할 때
기분 좋은 감정을 유지할 수 있습니다.

기다림의 행복

기다림은 만남을 목적으로 하지 않아도 좋습니다.
하지만, 의미 있는 기다림은 자체가 만남입니다.

아름다운 경치를 만나고
보고 싶은 친구를 만나고
소중한 사람을 만난다는 건
만남 전부터 만남보다 설렙니다.

기다림 자체가 설레는 마음과의 만남입니다.

행복과 돈

"나한테 돈이 좀 더 있어야 해."
이 말은 이미 돈을 가지고 있기 때문에 느끼는 감정입니다.

"돈이 없어도 좋아."
이미 돈이 없으니까 느끼는 감정입니다

행복은 돈의 있고 없음이 아니라
돈에 대한 생각이 있고 없음의 차이입니다.

우리가 사용하는 언어들

습관은 우리의 몸이 사용하는 언어이고,
운은 우리의 마음이 사용하는 언어이며,
느낌은 우리의 영혼이 사용하는 언어입니다.

몸과 마음과 영혼의 언어가 같은 이야기를 나눌 때,
아름다운 일상이 펼쳐집니다.

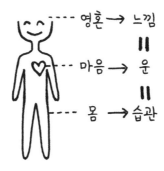

모든 것은 불완전하지만, 완벽합니다.

아이들에게 잔소리를 하는 이유

남을 가르치려고 하는 이유

상대의 말을 듣지 않는 이유

뭔가 모자라고

뭔가 부족하고

뭔가 불완전하다는 생각이 배후에 있습니다.

맞습니다.

우리는 모자랄 수도

부족할 수도

불완전할 수도 있습니다.

하지만 모두가 불완전하다는 것을 인정하면

모두가 완벽한 존재로 보입니다.

생각도 에너지

"선배님! 그 사람 생각만 하면 너무 힘들어요."
"계속 화가 나고 짜증이 나고,
하루가 지나면 힘이 다 빠져요."

식사를 하면서 직원이 답답한 감정을 표현합니다.
우리는 모두 에너지입니다.
보이는 사물도 에너지이고, 생각도 에너지입니다.

우리가 하루에 사용할 수 있는 에너지의 양은 정해져 있습니다.
의미 있는 곳에 자신의 에너지를 사용하느냐, 환경에 휘둘리면
서 의미없는 감정에 자신의 에너지를 소모하느냐의 차이입니다.

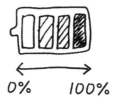

생각의 속도

우주는 속도를 좋아합니다.
빠른 인터넷 속도
스포츠카의 빠른 속도
식당에서 빠르게 주문하는 속도
내 의견을 빠르게 전달하는 속도
…
이런 속도를 좋아하는 것이 아니라

꿈이 무엇인지?
앞으로 10년 후 무엇을 하고 있을지?
내가 사랑하는 사람은 누구인지?
하고 싶고, 해야 하는 일은 무엇인지?
나는 누구인지?
…

이런 질문에 빠르게 응답하는 속도.

우주는 이런 빠른 속도를 원합니다.

당신의 속도는?

1초, 2초, 3초…

배경 생각

절약하기가 힘든 이유는
돈을 써야 한다는 생각이 배경에 깔려 있기 때문입니다.
안 쓰는 것이 가장 좋은 방법입니다.

힘들게 하는 생각을 '앞으로' 안 하겠다는 말은
힘들게 하는 생각을 '지금은' 할 수 밖에 없다는
배경이 깔려 있습니다.
'지금부터' 기분 좋은 생각만 하는 것이
가장 좋은 방법입니다.

기분좋은
생각

배경

생각의 공식

'생각하기 = 생각(사고, Thought)+감정(Emotion)'으로
이루어집니다.
머리에서 나오는 생각과 심장에서 나오는 감정이
생각하기의 근원입니다.

단지 생각만 해서는 이루어지지 않는 이유가,
심장에서 일어나는 감정은 행동할 때만 나타나기 때문입니다.

그래서 '긍정적인 생각'보다 '긍정적인 감정'이
훨씬 중요합니다.

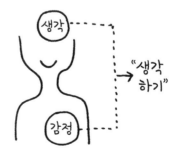

사랑하는 생각
사랑받는 생각

마

음

남을 보는 시선

그 사람이 기분좋아 보인다면
사실은 내가 기분좋은 것입니다.

상대가 나를 믿지 못한다고 생각하지만
사실은 내가 그 사람을 믿지 못하는 것입니다.

보는 것이 믿는 것 같지만
사실은 믿는 것을 보고 있습니다.

나를 힘들게 하는 건

'그 사람은 정말 나쁜 사람이야.'
'그 사람만 생각하면 정말 미치겠어.'

우리는 그 사람의 어떤 것을 기억할까요?
그 사람은 그냥 그대로 있는데 말이죠.
우리가 기억하는 건 그 사람 자체가 아니라.
그 사람에 대해 가지고 있는 '우리의 감정'을
기억하고 있습니다.

우리의 '감정'이 우리를 힘들게 하고 있는데,
아직도 '그 사람'이 우리를 힘들게 한다고
착각하고 있습니다.

나를 힘들게 하는 건 '남'이 아니라 '나의 마음'입니다.

당신은 이미 행복합니다

이미 봄은 왔는데
"다음 주부터 봄이야."라는 말에
봄을 느끼지 못합니다.

이미 행복한데
"앞으로 행복해질 수 있어."하는 말에
지금 이 순간 행복을 느끼지 못합니다.

봄이 이미 우리 곁에 서 있듯이
지금 당신은 이미 행복합니다.

part 2. 마음

마음을 전달하는 세 가지 방법

손님에게 차를 권하는 세 가지 방법

커피 주기 싫을 때
"차 안 드실 거죠?"

안주기도 그렇고, 주는 것도 그럴 때
"차 마시겠어요?"

커피 주고 싶을 때
"차를 지금 드릴까요, 아니면 나중에 드릴까요?"

우리는 의식하지 못한 상황에서,
솔직한 마음을 표현해 버리고 맙니다.
당신은 어떤 마음입니까?

상대방을 위한 배려

상대방이 어떤 부분이 마음에 들지 않아서
개선되기를 바란다면
상대방이 이미 개선된 것처럼 생각하고 말해주세요.

다른 사람들 앞에서도
상대방이 이미 그 장점이 있는 것처럼 말한다면,
상대방은 당신이 말한 장점이 깨지지 않도록
더 많은 노력을 하게 됩니다.

감당할 수 있을 정도의 불편함

아침에 일찍 일어나기

대중교통 이용하기

가까운 거리 걸어가기

하루 20분 명상하기

옆 동료 전화하지 말고, 가서 이야기하기

주말에는 휴대폰 멀리하기

감당할 수 있을 정도의 불편함은

감당할 수 없을 정도의 행복을 가져다 줍니다.

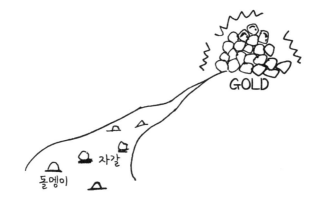

기분

기분이란,

라디오의 잡음이 들리지 않도록

주파수를 제대로 맞추어 주듯

원하는 TV 프로그램을 보기 위해 채널을 선택하듯

내가 선택할 수 있습니다.

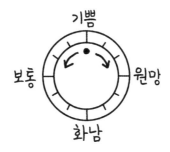

사랑이 위대한 이유

중력
끊임없이 상대방에게 끌리고 상대방을 끌어당깁니다.

전자기력
나와 다르기 때문에 나와 다른 부분에 더욱 끌립니다.

양자물리학
예쁜 생각을 가지고 보면 정말이지 더 예쁘게 보입니다.

상대성 이론
사랑하는 이와 같이 있으면 1시간도 10분처럼 느껴집니다.

사랑이 위대한 이유는
 '사랑'이라는 행위 안에 모든 위대한 자연의 법칙이
담겨있기 때문입니다.

근심만 하는 것이 문제

문제를 맞닥뜨렸을 때, 걱정되고 두렵습니다.

하지만, 그런 감정은 문제를 해결하는데
아무런 도움이 되지 않습니다.

문제에 부딪쳤을 때 걱정하고 근심만 하는 것이
진짜 문제입니다.

3초의 힘

한 번의 긴 호흡, 3초
불안할 때 내 마음에 주는 착한 여유

한 번의 짧은 생각, 3초
화났을 때 내 감정에 주는 긴 여유

한 번의 지긋한 시선, 3초
외로울 때 나에게 눈 맞춤 하는 센스있는 여유

짧지만, 긴 3초
쉽지만, 어려운 3초
작지만, 소중한 3초

무엇보다
나를 위한 3초

느낌은 생각을 실현시키는 수단

형태가 없는 생각이 물리적인 사물로 나타나게 하는 것은
무엇일까요?

'느낌'입니다.

우리는 느낌을 통해, 뭔가를 이루어 냅니다.
우리의 존재도 사랑의 '감정', '느낌'으로 태어났고,
우리가 소유하고 있는 휴대폰도 좋다는 '느낌' 때문에
곁에 있는 것처럼.

생각과 감정

생각에 감정이 묻어 있을 때,
그 기억은 훨씬 오래 지속됩니다.
생각은 느낌을 통해 잠재의식에 저장되기 때문입니다.

긍정적인 생각만으로 부족할 때,
좋은 느낌까지 같이 느껴보세요.
결과가 달라집니다.

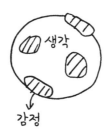

기억과 감동

기억하기 가장 좋은 방법은
충격을 받거나, 감동을 받는 것입니다.

그렇게 보면
기억은 머리가 아니라 마음입니다.

꼭 기억하고 싶은 것이 있다면
자신 안에서 강한 에너지를 끌어내세요.
감동의 에너지를.

나를 믿는 믿음

어릴 적에 참 소심했던 것 같아요.
일을 맡기면 겁부터 내는 경우가 많았으니까요.

"너 반장 해 볼래?"
선생님 한 마디에도,
"아…", "저…", "어…"
외계어 비슷한 말만 한 기억도 납니다.

시간이 지나면서, 생각도 많이 바뀝니다.
지금까지 한 번도 해 보지 않은 일,
새로운 일에 두려움이 생길 수도 있습니다.

하지만, 따지고 보면
살아가면서 모든 일은, 다 처음 해보는 일입니다.
지금의 나는 한 시간 전의 내가 아닙니다.
떠오르는 생각도 똑같지 않고
몸 속의 세포 수도 계속 변합니다.

처음 보는 '나'입니다.

어제 한 일을, 오늘 똑같이 반복한다고 하지만
이미 시간도 다르고 상황도 다르고
내 기분도 완전 다릅니다.
처음하는 일이 됩니다.

처음이라서, 한 번도 해 보지 않은 일이라서 두렵다고요?
오늘, 지금, 이 순간 뭐하나 처음 아닌 것이 없습니다.

모든 일이 처음하는 일인데,
어떤 건 그냥 하고, 어떤 건 두려움을 느끼는 것도
우리의 믿음 때문에 생기는 감정입니다.

할 수 있다고 생각하든, 할 수 없다고 생각하든
다 맞는 말입니다.
자신을 믿는 믿음이, 할 수 있는 용기도 줍니다.

언어와 소통

한국어, 중국어, 영어처럼
철학에서는 철학의 언어가
수학에서는 수학의 언어가
물리학에서는 물리학의 언어가 있습니다.

나라와, 학문에만 언어가 있는 것은 아닙니다.
아이들의 언어와 어른들의 언어
남자의 언어와 여자의 언어
그리고 모든 사람 제 각각의 언어가 따로 있습니다.

"왜 우리는 말이 이렇게 안 통하지?"

맞습니다.
안 통하는 게 정상입니다.
그래서 소통은 '그냥 받아들이고 이해하는 것'입니다.

웃을 수 있는 용기

"그 사람 도대체 왜 그러는지 모르겠어요."
"상사한테 보고해야 하는데, 무슨 말부터 해야 할지
걱정이에요."
사람마다 걱정의 꺼리가 다릅니다.

사람 수만큼이나 걱정도 많습니다.
걱정도 성격에서 나오기 때문입니다.
"뭐, 그걸 가지고 걱정해."라고 할 수 있지만
그 사람에게 그것이 가장 큰 걱정입니다.

그렇다고 성격은 쉽게 바뀌지도 않습니다.
중요한 건 걱정이 성격에서 나온다는 것을 깨닫는 것입니다.
성격이 다른 상대방은 그것을 걱정하지 않을 수도
있으니까요.

'내가 이걸 가지고 걱정하고 있구나.'
라고 생각하며 웃어보세요.
걱정 앞에서 '웃을 수 있는 용기'가
걱정을 해결하는 가장 좋은 방법입니다.

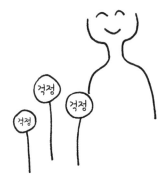

감정 소비

우리는 스스로 감정을 만들어 내고 소비하고 있습니다.
당신을 비판하면 비판하는 대상에 화를 내고,
안타까운 상황에 부딪히면 그 상황을 걱정하게 되고,
믿었던 사람이 기대를 저버리면
그 기대에 실망을 하게 됩니다.

그 대상들이 감정을 만들어 내고,
상황을 만들어 가는 것 같지만
우리는 스스로 감정을 만들어 내고,
스스로 소비하고 있는 것입니다.

지식과 지혜에 대해

두뇌는 지식을 받아들이지만,
마음은 지혜만을 받아들입니다.
지식은 시간이 지나면 변할 수 있지만,
지혜는 세월이 지나가도 변하지 않습니다.

변하는 지식이 오래 쌓이면 고정관념이 되지만,
변하지 않은 지식이 오래 쌓이면 지혜가 됩니다.

당신의 기억을 사랑하세요

주위를 둘러보면 사랑해야 할 대상들이 참 많습니다.
가족들, 친구들, 연인, 회사 동료, 거리를 청소하는 분, 식당 아
줌마.
감정이 우러나야 할 수 있는 일인데,
이성은 끊임없이 우리에게 '어디까지 사랑해야 하는데?'라고
반문합니다.

오래 전, 옛날 기억 때문에 힘든 적이 있었습니다.
기억하기조차 싫어서 그 기억을 억누르면서 살았습니다.

하지만 기억이란 영구히 지워지지 않습니다.
마치 컴퓨터의 오래된 자료를 삭제하면 휴지통으로 들어가듯,
자료를 버렸다고 해도 그 자료는 컴퓨터 안에 남아 있으니까요.

그래서 오래된 기억을 억누르는 대신에

사랑하기 시작했습니다.

억누르던 기억을 사랑하자 더 이상 그 기억은

문제가 아닌 추억이 되었습니다.

누구나 가지고 있는, 미래를 볼 수 있는 능력

'마음의 스크린'이란 것이 있습니다.
자연은 마음의 스크린에,
우리의 미래를 살포시 엿볼 수 있는 영상을
투사해 주고 있습니다.

행복이란,
마음의 스크린에 광고와 같이 지나가는 것을 놓치지 않고,
어떡해서든 보고, 실현했을 때 느끼는 감정입니다.

후회란,
그런 우리 마음의 스크린에 살짝 비춰진 영상을 보지 못했을 때,
마음의 스크린에서 전원을 꺼야 하는 아쉬움입니다.

어쩌면 우리는 미래를 볼 수 있는 능력을 가지고 있으면서도,
보지 못하고 실천하지 않는 실수 때문에
행복을 후회로 각색해 버립니다.

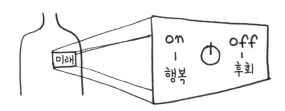

아무것도 아닌 1%

99% 믿어도 1%를 믿지 못하면,
한 번씩 불신이 스멀스멀 올라오고
99%의 노력이 있어도 1%의 영감이 없으면,
몸은 계속 고달프고
99% 용서를 했어도 1%를 못했으면,
마음 한구석이 불편합니다.

아무것도 아닌 것이 아무것인 시대입니다!

표현의 힘

"내 맘을 그렇게 몰라?"

"내 의도는 그게 아니잖아!"

"내가 얼마나 관심 있는지 모르는구나!"

표현하지 않으면 알지 못합니다.

표현의 힘은 표현하지 않을 때 나타납니다.

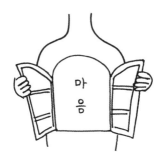

신입사원과 경험

처음엔 이런 마음을 가지고 있습니다.
'항상 처음처럼'
'초심을 잃지 말자.'
'새로운 사고방식을 가지자.'

하지만 시간이 지나면서,
항상 처음처럼 보다는 '경험이 중요해'
초심을 잃지 말라는 말은 '난 이 분야에서 10년은 일했지'
새로운 사고방식은 '난 전문적인 지식을 가지고 있어'

알게 모르게 이런 생각이 마음의 한 구석을 차지합니다.
많은 경험이 있지만 처음처럼,
한 분야에서 10년은 일했지만 초심을 잃지 않고,
전문가이지만 새로운 사고방식을 가진 사람이
이 시대의 진정한 전문가입니다.

하고 싶은 일

하고 싶은 것은 정말 많은데
싫은 일을 하느라, 하고 싶은 일을 못하고 있지 않나요?

방법은 세 가지.
싫은 일을 하고 싶도록 만들거나
하고 싶은 일을 찾아 하거나
아니면, 하고 싶은 일을 위해 지금의 싫은 일에
의미를 부여해서 하는 것.

만약 이것도 저것도 아니라면
내가 하고 싶은 것을 제대로 알고 있는지
다시 생각하는 것입니다.

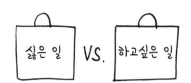

마음의 진동

우리는 많은 곳에 힘을 씁니다.

공부할 때에도
일을 할 때에도
뭔가를 깨달을 때에도

힘이 제대로 발휘되려면
그 힘이 가슴을 통해 전달되어야 합니다.

머리로 기억할 수는 있지만,
그것을 제대로 활용하기 위해서는
마음의 진동이 필요합니다.

아는 것과 실천한다는 것이 다른 이유이기도 합니다.
우리가 노력하는 힘이 가슴을 통해 전달될 때
진실되게 현실로 나타나게 됩니다.

좋은 기분을 유지할 수 있는 힘

원하는 것을 이루는 방법은
좋은 기분을 유지하는 힘에 있습니다.

이 힘을 얼마나 오래 유지하는가에 따라
내가 원하는 환경을 만들 수 있는가, 없는가가 정해집니다.

좋은 기분을 유지하면서 작은 실천을 하고 있다면,
내가 원하는 '그 무엇도' 기분 좋게
내 앞에 나타나게 됩니다.

좋은 기분은 우리의 선택이고
그 선택을 유지하는 집중력은
우리가 성장하는 데 필요한 중요한 능력인 셈입니다.

세상 속으로 보내는 에너지

우리가 세상 속으로 보내는 모든 에너지는
다시 되돌아옵니다.

생각이 내뿜는 에너지가 글로 되돌아오고
근육에서 분출되는 에너지가 운동의 결과로 나타납니다.

감사도, 사랑도, 불만도, 증오도 우리가 내뿜는
에너지입니다.

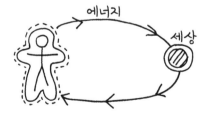

마음 바라보기

파도가 치는 바다에서는 내 모습이 비추어지지 않지만
잔잔한 호수에서는 내 모습을 선명히 볼 수 있습니다.

명상을 하다 보면,
파도 치는 마음도 잔잔한 호수가 됩니다.

사랑하는 생각
사랑받는 생각

현

재

우리가 가진 유일한 시간

우리가 가진 유일한 시간은 지금입니다.
우리는 현재를 살면서도, 미래나 가정의 세계에
많은 부분 살고 있습니다.

'여건이 되면, 해외여행을 가야지.'
'내가 하고 싶은 걸 위해, 공부를 더 하고 싶은데…"

하지만, 지금이 가장 적절할 때입니다.
해외여행을 가고 싶다면, 1년 후 항공권을 미리 예약하세요.
공부를 더 하고 싶다면, 지금 서점으로 가서 책부터 사 보세요.
그리고 '지금'부터 하나하나 준비하세요.

우리에겐 충분한 능력과 잠재력이 있어요.
그 능력과 잠재력을 부정하고 제한하는 것은 '자신'뿐입니다.

엔딩 크레딧

영화를 보면 항상 마지막엔
멋진 엔딩 크레딧이 올라갑니다.

오늘 하루, 한 달, 일 년 그리고 평생의 삶에서
당신만의 엔딩 크레딧을 상상해 보세요.

지금, 그 엔딩 크레딧을 가슴 뛰게 만들어 보세요.

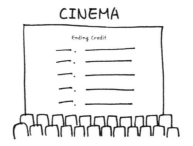

현실 사랑

현실을 사랑하게 되면
판단할 것이 없습니다.

스멀스멀 올라오는 불안감도
막연하게 떠오르는 걱정도
마음이 현실이라고 생각하는 공간에서 그냥 흘러 보내세요.
흘러 보낸 공간은 다시 '사랑'으로 채워집니다.

세상은 존재하는 대로 우리가 인식하는 것이 아니라,
우리가 인식하는 대로 존재합니다.
사랑은 현실을 인식하는 가장 정확한 감각입니다.

일상의 연속

똑같은 일만 하고, 같은 일상을 반복하면서,
다른 결과를 기대하고 있지는 않은가요?

우리는 말로는 변화를 원한다고 하면서,
실제로 변화된 환경으로 가기를 주저합니다.

행운과 준비

행운은 준비된 사람에게만 찾아옵니다.

청춘의 노력은
노년의 삶을 위한 준비.
직장생활은
직장생활이 끝났을 때의 생활을 위한 준비.
지금하는 운동은
5년 후 내 몸의 건강을 위한 준비.

우리가 준비를 쉽게 하지 못하는 이유는
준비할 시간이 없어서가 아니라,
시간이 있어도 그 끝을 아직 보지 못했기 때문입니다.
청춘의 끝. 직장생활의 끝. 그리고 건강한 삶의 끝.

모든 행운은 준비된 사람에게만 찾아옵니다.

지금 행복하면 과거도 행복

기억이나 감정은
과거에 일어난 시점에서 고정되는 것이 아닙니다.

과거의 작은 실패가
지금 '경험'이나 '추억'이 될 수 있는 것은
기억과 감정이, '지금 시점'에서
다시 만들어지기 때문입니다.

예전의 기억으로 힘드나요?
지금 행복해 하면 그 시절도 행복해집니다.

미래기억

변화.

말만 들어도 가슴 뛰는 단어입니다.

우리는 변화를 원하면서도, 변화 앞에서는 머뭇거립니다.

삶 앞에서 우리는 변화하지 말아야 할

수백 가지의 이유를 가지고 있습니다.

하지만 변화를 선택하지 않으면

지금의 나에서 얼마나 더 바뀔 수 있을까요?

변화를 이해하기 위해서는

미래의 관점에서 현재를 바라볼 필요가 있습니다.

미래의 원하는 모습이 있다면

그런 상상, 그런 감정으로 내 기억을 채워갑니다.

미래 기억이 필요한 이유입니다.

하다 보면 자연히 보이는 것들

남들처럼 살라고 하지만
다른 사람들과 똑같이 살다 보면
실패마저 따라하게 됩니다.

상식적으로 살라고 하지만
상식 안에서는 당연한 결과만 있지,
멋진 기회나 가슴 뛰는 일상은 없습니다.

방법이 보이지 않아 고민만 하고 있나요?
모든 일들은 머릿속에만 나오는 것은 아닙니다.
해보면 자연히 보이는 것들이 있습니다.

남다른 경험에서, 자신만이 느끼는 '감'으로
가슴 설레는 현재를 발견하게 됩니다.

그 때 하지 않으면 안 되는 것들

세상에는 '그 때' 하지 않으면 안 되는 것들이 있습니다.

어떤 사람들은 공부라고 하고
어떤 사람들은 여행이라 하고
또 어떤 사람들은 사랑이라고 합니다.
다 맞는 말입니다.

하지만, 그 때 하지 않았던 것을
지금이라도 하는 것이 더 중요한 일입니다.
지금이라도 하지 않으면,
  '지금'도 또 다시 '그 때'가 됩니다.

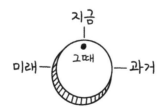

시작, 새로운 출발

모든 것이 준비된 다음 하려니까
아무것도 할 수 없습니다.
준비되지 않았기에 시작해야 합니다.
삶은 계속 성장을 준비하는 과정이니까요.

처음부터 완벽해지려니까
시작하는 것도 힘들어 집니다.

완벽하지 않기에 시작해야 합니다.
완벽했으면, 시작하려는 생각도 안했을 테니까요.

아침도 매일 다시 시작되고,

우리의 삶도 매일 다시 시작됩니다.

똑같은 일상이라고 말하기 쉽지만

아침 새소리, 파도, 벌레들 소리, 아침 날씨.

단 하루도 똑같은 날은 없었습니다.

뭔가 시작해야,

뭔가 변합니다.

절약, 독서 그리고 휴식

절약이란,

무조건 아끼는 것이 아니라,

가지고 있는 돈을 현명하게 소비하는 것입니다.

독서란,

무조건 책을 읽는 것이 아니라,

남의 경험을 내 경험으로 각색하고 실천하는 과정입니다.

휴식이란,

무조건 쉬는 것이 아니라,

다음 일을 시작하기 위해

마음이 열정적으로 준비하고 일하는 시간 동안

몸이 잠시 방해하지 않는 시간 입니다.

사는 게 고민될 때

남들이 빨리 간다고, 같이 갈 필요없어요.
남들이 멋진 차를 가졌다고 해서 같이 가질 필요없어요.
남들이 좋은 집에 산다고 해서 같은 집에 살 필요없어요.

빨리 가는 속도보다, 제대로 가는 방향이 중요하고
멋진 차를 두는 것보다 멋진 사람을 곁에 두는 것이 소중하고,
좋은 집에 사는 것보다 좋은 감정 속에 사는 것이 행복입니다.

세상에서 가장 아름다운 손

지하철에서 내려 집으로 가는 길.
앞서가는 할머니가 무겁게 짐을 들고 가고 있네요.

앞으로 빨리 달려가,
 "할머니, 주세요, 들어드릴게요!"
 "에구구~ 아니야, 괜찮아."
 "그냥, 주세요. 같은 방향인 것 같은데…."
 '고마우이~ 학생."

집 앞에서 할머니 짐을 내려놓으면서 물어봅니다.
 "할머니, 뭘 사셨어요?"
 "어엉… 열무야, 집에서 맛있게 해서 애들 줄 거야"
열무를 보여주는 할머니.
하지만, 내 눈에 들어온 건,
시장에서 산 열무가 아니라
사랑이 느껴지는 '세상에서 가장 아름다운 손'이었습니다.

"할머니 오래오래 사세요!"
"고마우이~ 학생"

'열무'덕분에 세상에서 가장 아름다운 손을 봤고,
'학생'이란 말 덕분에 그날 밤 잠을 자지 못했습니다.
이제는 볼 수 없는 어머니 손을 본 것 같았고,
학생이라는 말을 들어 본 지가… 기억나지 않았기 때문입니다.

현실과 맞서기

현실은 그대로인데
생각이 현실을 편한 대로 해석합니다.
내 생각을 현실과 반대로 해석한 후,
현실을 나무라기 시작합니다.

현실과 맞서기를 멈출 때
일상의 고통도 멈춥니다.

우리도 누군가에겐 행복의 이유입니다

우리는 주위 환경의 영향을 받고 살고 있습니다.

하던 일이 잘 못되거나 예상한 대로 되지 않으면,
 '그 사람 때문에 일을 망쳤어.'
 '부모님이 돈이 더 많았다면, 내가 더 행복할 수 있을 텐데.'
이렇게 우리가 환경 탓을 하는 것도, 주변의 영향을 받고 있다고
생각하기 때문입니다.

하지만,
우리도 누군가의 환경의 일부이기에
누군가에게 행복의 이유가 되고 싶습니다.

쓰기의 마력

아침마다 출근해서 제일 먼저 하는 일이 있습니다.
일기를 씁니다.

'사각사각'
아침마다 만년필이 할 말이 많은가 봅니다.

내가 감사해야 할 사람들
내가 해야 할 일들
내가 꿈꾸는 일들

가끔은 내 감정에게 말도 걸어봅니다.
뭔가를 쓰고 기록한다는 건 분명 마력이 있습니다.
만년필로 쓰기 전후의 기분이 증명해 주니까요.

행복의 조건

조건 때문에 결과가 있는 것이 아니라
결과 때문에 조건이 보이는 것입니다.

좋은 일이 생겨서 행복한 것이 아니라
행복하니까 좋은 일들이 더 생깁니다.

그 사람이 괜찮아서 좋아 보이는 것이 아니라
내가 기분 좋으니까 그 사람도 괜찮아 보입니다.

우리는 조건 때문에, 조건 탓을 하느라,
제대로 보지 못하고, 우리답게 누리지 못합니다.

조건 때문에 행복한 것이 아니라
행복하기 때문에 조건들이 나타난 것입니다.

노년의 힘과 지혜에 대해

노년이 되면 육체적인 힘은 줄어들 수 있습니다.
하지만, 노년의 생각과 지혜의 힘은
육체적인 힘을 보완하고도 남음이 있습니다.

육체적인 에너지가 생각과 지혜의 에너지로
교환되고 변화될 뿐입니다.
생각도 에너지이기 때문입니다.
에너지는 결코 줄어들지 않습니다.

지나고 나면,
 '어른들의 말이 맞아!' 하는 생각들
한두 번은 해 봤을 거예요.

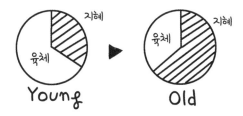

사랑하는 생각
사랑받는 생각

성

장

자신과 사랑에 빠지는 비밀

내가 나를 사랑할 때
나와 사랑에 빠질 때
새로운 나를 받아들입니다.

사랑의 위대한 비밀은
내가 나를 사랑할 때
비로소 모습을 나타냅니다.

모든 사람은 제각각 다른 단계에 있습니다

자신의 생각 수준이 자기 자신입니다.
어떻게 보면 '아는 만큼 보인다.'라는 말은
내가 상황에 얼마나 깨어있는가의 문제입니다.

옳고 그름이 없다는 것도
모든 사람은 제각각 다른 단계에 있기 때문입니다.

'그 사람이 그렇게 생각하는 것은 틀렸어.'
라고 생각하는 것도 알고 보면,
그 사람 단계에서는 '완벽한 생각'인 것입니다.

돌이켜 보면,
우리가 10대나 20대에 그렇게 행동한 것도
그 단계에서는 진실이라고 생각했기 때문입니다.

시작의 의미

그리던 삶을 살기 위해서는
뭔가를 시작해야 합니다.

하루하루 시작되는 일상은
꿈꾸는 삶을 기다리며 사는 것이 아니라
뭔가를 시작해서 꿈꾸는 삶을 만들어 가는 것입니다.

나는 나의 거울

남을 믿지 못하는 사람의 불편함은
자신도 자신을 믿지 못한다는 불편함을 주고

상대의 칭찬에 인색한 사람의 단점은
자신의 장점도 발견하기 힘들다는 단점을 줍니다.

남의 감정을 읽지 못하는 사람의 아픔은,
자신에게 상처주는 생각을 계속하는 습관을
가지고 있다는 것입니다.

우리가 상대에게 하는 모든 행위는
내가 나에게 하는 행위의 일부입니다.

삼투력과 농도

삼투력이란,
농도가 다른 두 용액의 농도가
평행이 이루어질 때까지 이동하려는 힘입니다.

당신이 살아가면서 받을 수 있는 행복과
현재 느끼는 행복감의 차이
이 둘 사이의 평행을 이루게 해 주는 힘
 '행복의 삼투력'

당신이 알 수 있는 지혜와
현재 알고 있는 지혜의 차이
이 둘 사이의 평행을 이루게 해 주는 힘
 '지혜의 삼투력'

받을 수 있는 행복을 다 받기 위해서
알 수 있는 지혜를 다 알기 위해서는
삶의 농도가 진해야 합니다.

현재 느끼는 행복감이 크고
현재 알고 있는 지혜가 많아
삶의 농도가 진하다면
운도, 능력도, 행복도
원하는 만큼 끌어당길 수 있습니다.

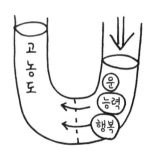

알지만 못하는 이유

운동, 독서, 자기계발, 행복한 감정…
꼭 해야 한다고 알고 있지만, 못하는 일이 많습니다.
하지만, 주위를 둘러싼 너무나 많은 저항들이 있습니다.

경험 - 시간이 주는 저항

"야, 예전에 해봤는데, 그건 아냐!"

감정 - 느낌이 주는 저항

"기분 나쁘게 왜 내가 그걸 해야 하지?"

습관 - 반복된 일상이 주는 저항

"난 항상 이렇게 해야 안정감이 있어."

시선 - 타인이 주는 저항

"내가 이렇게 입으면, 남들이 어떻게 생각할까?"

무의식 - 생존 본능이 주는 저항

"몸도 피곤한데, 귀찮아서 쉬어야겠어!"

새로운 습관도 감정 때문에 그만두고

새로운 경험도 시선 때문에 포기하고

행복해지려는 감정도 무의식 때문에

마음 상하는 일이 많습니다.

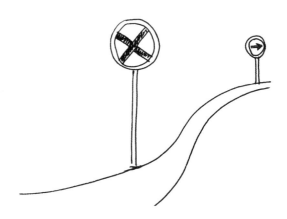

작지만 행복하게 해주는 스마트한 방법

#1. 스마트한 아날로그

의미없어 보이는 아날로그를 서로 연결하면,

스마트한 뭔가가 나옵니다.

멍 때리기 + 시간 때우기 = 명상

무작정 따라하기 + 반복 = 창의성

욕망 + 지루한 결핍감 = 꿈

스마트한 아날로그가 필요한 이유입니다.

#2. 작업 흥분

샤워를 하다가, 욕실 청소까지 하게 되었습니다.

책 정리를 하다가, 서재 정리까지 하게 되었습니다.

셔츠 한 장 꺼내려다가, 옷장 정리까지 하게 되었습니다.

일단 시작하면, 뭔가는 하게 됩니다.

#3. 나를 사랑하는 방법들

몸을 지탱하는 발을 매일 만져줍니다.

거울을 보며 웃어 줍니다.

나를 위해 'V' 자를 날려 줍니다.

장점

자신이 모르는 장점이 진짜 장점입니다.
너무나 자연스럽게 잘하기 때문에
자신도 잘한다는 것을 느끼지 못하니까요.

현실을 보는 원칙

상황은 판단없이 들여다 봅니다.
이해는 비판없이 받아들입니다.
가능성은 미리 한계짓지 않습니다.
옳고 그름의 잣대는 없습니다.

주위에서 '경험'이라는 논리로
  '그건 안 돼.'라는 말을 많이 듣습니다.
어쩌면 그들의 경험은 '실패한 실천들의 집합'과도 같습니다.

그 경험들이 완전한 성공이었다면,
그들은 이미 당신곁에 없었을 테니까요.

의미 있는 조연

"지나가다가 어묵이나 하나 먹고 가자."

집으로 걸어가다가,
지하철역 근처의 떡볶이 집이 보입니다.

"이름도 근사하지 않아?"
"맛 짱 떡볶이야!"

어묵과 떡볶이를 먹는 이유의 대부분이
지나가다가 생각나서,
보이니까 먹고 싶어서,
몸이 따뜻한 것을 원해서,
밥 먹기는 그렇고 적당히 배채우기 좋아서입니다.

이렇듯, 어묵과 떡볶이는 우리가 찾는 '주연'은 아닙니다.
하지만 그 무엇도 대신해 주지 못하는 '조연의 이유'들을
가지고 있습니다.

누구나 주연이 되고 싶어 하는 시대,
아직도 어묵, 떡볶이가 자주 생각나는 것은
나도 누군가의 삶에 없어서는 안 될 조연이기 때문은 아닐까요?

한 바퀴만 더!, 한 번만 더!

어릴 적부터 운동을 좋아했습니다.
육상, 축구, 배구
달리기에 소질이 있어, 중학교 때까지는
육상선수도 했어요.

작은 시골학교에서,
달리기가 좋아, 남들 쉬는 방학에도 훈련하러 다닌 기억.
새 운동화를 신을 때면 날아갈 듯 행복했던 기억도 납니다.

항상 훈련의 마지막에,
"한 바퀴만 더"를 외치던 코치님.

사회생활을 하면서, 무슨 일이든
"한 번만 더"해보자는 정신력을 심어준 것 같습니다.

땀과 순위는 꼭 비례하지 않는다는 기억도 있지만
내가 즐기는 땀과, 그렇지 않은 땀의 냄새는 다르다는 기억도
생생히 납니다.

즐기는 땀이 내게 준 의미.
'한 번만 더'를 마음에 외칠 때의 울림.
즐기면서 하는 나와의 경쟁을 중학교 육상부 시절에
배웠습니다.

"한 번만 더!"

그만두는 힘

시작하는 것이 힘들다는 이야기를 많이 합니다.
시작하는 것이 힘들다는 것은,
그만두는 것이 힘들기 때문이지요.

그만두는 힘은,
새롭게 시작하기 위해서 꼭 필요한 힘입니다.

남들과 다른 일을 시작하려면,
남들과 같은 일은 그만둬야 합니다.

미래를 꿈꾸면서 살기 위해서는,
과거에 얽매이는 것은 그만둬야 합니다.

뭔가 새로운 것을 도전하기 위해서는,

준비가 다 된 후에 시작해야 한다는 생각을 그만둬야 합니다.

경청하기를 시작하려면,

일방적으로 말하기를 그만둬야 합니다.

그만두는 힘은,

시작하는 힘을 생기게 하는 꼭 필요한 힘입니다.

살아가는 두 가지 방법

우리가 사는 데는 두 가지 길이 있습니다.
기억으로 살아가는 것과 영감으로 살아가는 것.

기억은 우리가 이때까지 살아오면서 축적된 경험, 지식, 상식을
가지고 행동하고 관계를 맺어 갑니다.
영감은 문득문득 머리에, 가슴에 떠오르는 직관과도 같습니다.

기억으로 살아가든 영감으로 살아가든
선택은 우리의 몫이고 책임입니다.
하지만, 기억은 우리 몸 안에 지속적으로 재생되는 프로그램과
같습니다. 지금까지 살아온 방향대로 계속 살고, 지금처럼 살라
고 우리에게 유혹합니다.
우리가 변화를 힘들어 하는 이유이기도 합니다.

기억에 의존해서 살면, '딱 지금 만큼' 살 수 있지만,
영감에 반응하면서 살면, '지금 이상'을 살 수 있습니다.

운이 좋은 사람

운이 좋은 사람들은 운을 믿지 않습니다.
오히려, 자기 자신을 믿습니다.

'언젠가는 괜찮아 질 거야.'
'언젠가는 운이 있을 거야.'
라는 말은 하지만, 사실은 할 수 있다는 믿음을 믿고 있습니다.

운을 기다리며 시간을 보내는 대신에
운을 만들면서 시간을 붙잡아 둡니다.

우리의 한계는 다 알고 있다고 생각하는 것

'난 이미 해 봤어'

'난 알고 있는 이야기야'

'예전에 해 본건데, 그건 아닌 것 같아'

'그 정도는 누구나 알고 있는 거야'

누구나 한 번 정도는 들어봤을 만한 말들입니다.

다 알고 있다고 말하는 순간,

더 이상 받아들이지 않습니다.

더 이상 인정하지 않게 됩니다.

더 이상 실천하지 않으려고 합니다.

어제는 비록 실패한 방법이었지만,
오늘은 신선한 해법이 될 수도 있습니다.

우리의 한계는
모르는 것에서 오는 것이 아니라
다 알고 있다고 생각하는 데서 옵니다.

습관적으로 사용하지 않는 능력

자신의 능력을 습관적으로 사용하지 않고 있는 경우가
많습니다.

자신의 능력을 자신이 밟고 있는 상황입니다.
그러면서, '나는 이것밖에 안 돼!' 하고 생각하죠.

많은 사람들이 정원에 물을 뿌리다가
자신도 모르게 호스를 밟고 서 있는 것과 같은 행동을 합니다.

정원에 충분히 줄 수 있을 만큼 물은 넘쳐 나듯이,
당신이 원래 가지고 있는 잠재된 능력도
원하는 삶에 흠뻑 젖어 살 수 있을 정도로
가지고 있습니다.

잠재된 능력

시간이 지나면서 쌓이는 것들

하루하루가 쌓여 일주일이 되고,
일주일이 쌓여 한 달이 되고, 한 달이 일 년이 되고,
일 년이 쌓여 평생이 됩니다.

그렇다면, 하루하루의 뭐가 쌓이는 걸까요?
우리의 말일까요, 생각일까요, 행동일까요,
아니면 이 모두일까요?

이렇게 말만하고 생각만 하다가 하루가 지났습니다.
말만 하고 생각만 하다가 하루가 쌓이는 것이 아니라,
그냥 허무하게 지나가 버렸습니다.

하루는 '행동'해야 쌓이는 것입니다.
지금 당장 '뭐라도' 실천해야겠습니다.

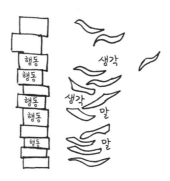

나는 아직 모른다

한국인이 가장 좋아하는 만화가 허영만 화백.
식객, 타짜, 꼴 등 히트를 쳤던 만화가 많이 있죠.

 '꼴'을 그릴 때는 유명 관상가에게
3년 반을 관상보는 법을 배웠고
 '타짜'를 그리기 위해서는 강원랜드의 카지노를
직접 취재하면서 공부했으며,
커피 만화를 그렸는데, 알고 보면 커피를
마시지도 못한다고 합니다.

알지 못하고, 못하기 때문에
더 듣고, 더 배우고, 더 노력해서
우리나라 사람들이 가장 좋아하는 만화가가 된 셈입니다.

가장 큰 경쟁력은
 '나는 아직 모른다.'입니다.

사랑하는 생각
사랑받는 생각

상

상

더 큰 세상으로 통하는 지렛대

브라질은 축구의 나라입니다.

브라질 축구는 다른 나라의 축구와 다릅니다.

좁은 공간에서도, 독특한 개인기로 사람들을 매료시킵니다.

브라질 축구의 경쟁력을 만들어 주는 '풋살'

좁은 공간에서 하는 축구라고 생각하면 됩니다.

하지만, 그 좁은 공간이

그들만의 경쟁력을 만들어주는 지렛대와 같습니다.

그들만의 특유의 묘기 같은 축구 스타일은

어릴 적부터, 아이들의 열정을 사로잡은 풋살에 있었습니다.

좁은 공간에서, 공을 빼앗기지 않기 위해 온갖 기술을 만들고

좁은 공간에서, 패스하는 방법도 개발하고

좁은 공간에서, 동료들의 움직임도 섬세하게 관찰하게 됩니다.

그들의 세계적인 경쟁력을 만들어 주었습니다.

'우리가 생활하는 좁은 공간'
알고 보면 더 큰 세상으로 나가고 싶고
더 넓은 환경에서 살고 싶은 욕망이 있습니다.

하지만 더 큰 세상과 넓은 환경으로 가는 지렛대는
당신이 가진 좁은 공간에서
당신이 만나는 정해진 일상에서
당신이 만나는 몇몇의 사람들에게서
만들어지고 있습니다.

혹시, 그 기회를 불평, 불만 혹은 '너무나 좁게 느껴져서'
그냥 지나치지는 않은지…

더 큰 세상에서 통하는 지렛대는
현재의 좁은 공간에서 만들어지고 있습니다.

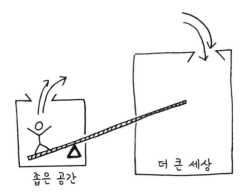

좁은 공간

더 큰 세상

사랑하는 생각 사랑받는 생각

상상에 대한 상상

용기, 신념, 사랑, 믿음
이 말들은 모두 가슴이 만들어내는 상상의 힘입니다.

우리는 상상력이 부족한 게 아니라,
있는 상상력을 부정하는 것에 익숙해져 있습니다.

스스로를 부정하지만 않는다면
우리가 가진 잠재력은 우리의 상상 이상입니다.

다른 것들의 의미

#1. 다른 시각

실수를 피하려면 실수를 느껴야 합니다.

스스로 실수를 알아내는 방법은

스스로 다른 시각을 가져야 느낄 수 있습니다.

똑같은 시각으로는

내가 하는 같은 실수는 정상으로 보이기 때문입니다.

우리는 스스로의 코치가 되고, 스스로의 멘토가 되어야 합니다.

#2. 다른 생각

무리 속의 '나'로 살 것인가

온전한 '나'로 살 것인가를 판가름하는 '생각'

남들의 '넌 옳지 않아'라는 말은

나는 남들과 다른 생각을 가졌다는 것을 말합니다.

그런 옳지 않은 생각이 온전한 나로 살아갈 수 있는

가능성을 말해줍니다.

#3. 다른 행동

삶의 변화는 선택의 변화에서 시작됩니다.

다른 행동을 선택해야 삶이 변하기 시작합니다.

우리는 공부하면서 배우는 것이 아니라,

실수하면서, 다시 행동하면서 배웁니다.

실수를 하지 않는 것이 문제

실수를 실수로 보는 것이 실수입니다.
실수는 누구나 합니다.
모든 실수는 배울 기회입니다.

사실, 실수를 저지르는 것이 문제가 아니라
아무것도 하지 않아
실수도 하지 않는 것이 문제입니다.

있지 않는 것을 보는 능력

사람들은 가끔씩 있지도 않은 것을 보고
있는 그대로는 보지 못하는 능력을 가지고 있습니다.

있지도 않은 것을 보는 능력, 편견 때문에
있는 그대로의 모습은
문제가 없어도 문제가 되어 버립니다.

선택의 연속

인생은 선택의 연속이라고 합니다.
우리가 하는 모든 일들은
결국 '선택'이 이어진 결과입니다.

문제는
우리가 아는 '선택들'중에서 '선택'을 합니다.
선택하기 전, 선택할 수 있는 '선택들'을 먼저 생각해 봅니다.

모든 선택들이 들어 있는지…

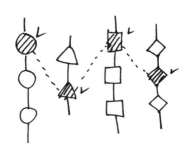

생각을 훔치는 지혜

마음을 훔치면 사랑이 쌓이고
믿음을 훔치면 신뢰가 쌓입니다.

그럼 생각을 훔치면?
부자의 생각을 훔치면 부자가 되고
발명가의 생각을 훔치면 창의적인 사람이 되고
상사의 생각을 훔치면, 멋진 부하직원이 되고
신의 생각을 훔치면, 행복한 삶을 살 수 있습니다.
이렇듯, 생각을 훔치면 지혜가 쌓이게 됩니다.

부자, 발명가, 상사의 생각을 훔치기 위해선
말이 필요하지만,
신의 생각을 훔치기 위해선 침묵이 필요합니다.

습관으로 잠재력을 발견하는 방법

습관은 뇌가 더 이상 창조적인 기능을 수행하는 않는
상태입니다.

습관적인 활동을 할 때,
뇌는 아무런 신경도 쓰지 않고 행합니다.
그래서 습관의 힘이 중요하다고 합니다.

뭔가를 원하는데 그것이 쉽게 얻어지지 않는다면
습관을 바꾸어 보세요.
만약 습관이 허락했다면 당신은 이미 그것을
가지고 있을 테니까요.

"당신이 원하는 것은 당신의 습관 영역의 바깥에 있습니다."

다윈이 말하지 않은 진실

진화론하면 생각나는 이야기.

"이 세상 살아남은 생물은 가장 힘 센 것도, 가장 지성 높은 것도 아니다. 변화에 가장 잘 적응을 하는 생물만이 살아남는다!"

강한 사람이 살아남는 것이 아닙니다. 살아남은 사람이 강한 사람입니다. 그럼, 어떤 사람이 끝까지 살아남을까요?
결국, 변화에 잘 적응하는 사람이 가장 강한 사람인 것입니다.
그렇다면 어떤 사람이 변화에 잘 적응 할까요?
다윈이 이 부분까지 얘기를 안 해줘서 제가 대신 고민하기 시작했습니다.

고민 3일 후…

엄청 추운 빙하기가 계속되는 시절.
혹독한 추위와 맹수가 우글거리는 동굴 밖에는 나가지도 못하는 상황. 모든 부족들은 동굴에 있으면서, 사냥을 하지 못해 굶어 죽기 직전까지 갔어요.

나가면 맹수에 물려 죽거나, 추위에 얼어 죽는 상황.

그렇다고 동굴 안에 있으면, 굶어 죽는 상황.

대부분의 부족은 동굴에 있다가 굶어 죽었습니다.

하지만, 연인, 가족, 친구를 사랑한 부족의 젊은이가 '내가 가서
맹수를 잡아오겠소!' 하면서 돌멩이 하나 들고 나갑니다.

긴 시간이 지난 지금…

용감했던 부족의 젊은이를 조상으로 둔 후손은

지구 어느 편에 살며, 돌멩이 하나로 끼니를 해결했던 부족은

돌멩이에서 추출한 반도체로 끼니를 해결하고 있습니다.

그렇게 보니,

혹독한 환경에서 변화에 가장 잘 적응 할 수 있었던 사람은

바로 '사랑과 용기'를 품었던 사람이었습니다.

나도 오늘 사랑과 용기를 마음에 품고

내일의 '진화'를 준비해 봅니다.

보이지 않는 것의 힘

보이지 않는 것이 보이는 것을 만들어내고 있습니다.
우리의 뇌는 15비트의 정보만 인식할 수 있습니다.
반면, 우리 주변에서는 1천5백만 비트의 정보가
발생하고 있다고 합니다.

친구를 생각하고 있었는데,
우연히 그 친구에게서 전화가 오는 것.
TV에서 한 초등학생이 최면에 걸린 상태에서
동전을 부러뜨리는 것.
밤중에 혼자 있는데, 꼭 곁에 누군가 있는 듯한 느낌.

우리의 뇌가 모든 정보를 읽을 수가 없다는 것은,
삶에서 일어나는 전부를 이해할 수 없다는 것을 말합니다.

우리의 의식은 모든 것을 느끼고 판단할 수 없습니다.
그래서 주위에서 벌어지는 일들을,
그냥 판단없이 놓아주고 받아들이면 됩니다.

어떻게 보면, 보이지 않는 것이 보이는 일상을
만들어 가고 있으니까요.

관계, 사랑, 우정, 희망…
사실 우리가 중요하다고 생각하는 표현조차도
구체적으로 보이지 않는 사물이잖아요.

보이는 것만 믿지 마세요.
믿는 것만 보지 마세요.

진화가 덜 된 사람이 성공하는 시대

원시인들은 소리에 엄청 민감했습니다.

소리를 듣고 맹수인지 아닌지를 구분해야 했어요.

생존의 문제였으니까요.

주위 맹수가 사라진 지금,

진화된 현대인들은 더 이상 그런 소리에

민감할 필요가 없어졌어요.

언어가 없었던 원시인들은

서로의 손짓, 발짓을 보면서 소통을 했어요.

그래서 눈빛, 몸짓 하나 놓치지 않고 직관적으로 소통했죠.

언어가 발달한 지금,

진화된 모든 현대인들은 자기 말만 하고,

자신이 듣고 싶은 것만 듣는 능력이 생겼습니다.

하지만 유명한 음악가는 '동물적 음감'으로

사람들을 놀라게 하고,

공감능력이 뛰어난 사람은 상대방의 표정, 눈빛만 봐도

마음을 이해합니다.

아이러니하게도

자신의 분야에서 뛰어난 현대인들은

모두 진화가 제대로 되지 않은 사람들입니다.

마음은 잠들지 않습니다

몸이 잠드는 시간은 기억과 상상력이 자유로워지는 시간입니다.
기억은 우리 몸에 장기 투숙을 위해 자리를 찾고 있고,
상상력은 과거와 미래로 여행을 떠나는 시간입니다.

몸이 깨어 있을 때 현실과 교류하는 시간이라면,
몸이 잠들어 있었을 때 우리의 기억과 상상력이
마음의 꿈과 교류하는 시간입니다.

몸이 잠드는 시간에도, 마음은 잠들지 않습니다.

사랑하는 생각 사랑받는 생각

지혜로운 포기

세계적인 가구 브랜드 이케아
배송도 조립해 주는 것도 포기했죠.

태양의 서커스
서커스라면 생각나는 곡예사와 동물들을 포기했죠.

불편하고 재미없을 것 같았는데
막상 포기하고 나면 다른 재미가 생깁니다.

삶이 재미없다면,
내가 가진 뭔가를 포기해 보세요.

다른 두 세계가 만나는 곳에서 만들어지는 가치들

하늘과 땅이 만나는 곳, 지평선
하늘과 바다가 만나는 곳, 수평선
온라인과 오프라인이 만나는 곳, 스마트폰
내 몸과 마음이 만나는 곳, 명상

경계에 자연이 만들어주는 아름다움이 있고
경계에 사람이 만들어주는 가치가 있습니다.

다른 두 세계가 만나서 만들어 내는 아름다움과 가치는
누구에게는 새로운 활력이 되고
누구에게는 새로운 기회가 됩니다.

인터넷과 친구

한 명씩 만나서 백 명의 친구를 만나기는 힘듭니다.
하지만, 백 명의 친구를 알고 있는 한 명을 알고 있으면
그 친구만 알아도 백 명의 친구를 알게 됩니다.

인터넷이 친구를 사귀는 방법까지 바꾸어 놓았습니다.

행복한 저항

우리는 상식에 벗어난 신상품이 나왔을 때는
미친 듯이 환호하지만

자신의 상식을 벗어난 의견을 들으면
미친 듯이 비난합니다.

사람들은 상식에 대한 저항을 받아들이는 모습이
제각각입니다.
새가 바람의 저항 덕분에 날 수 있듯이,
사람은 현실의 저항 덕분에 성장합니다.

지금 이 순간, 자신에게 저항이 있다는 건
지금도 성장하고 있다는 증거입니다.

실수가 사랑으로 변하는 마법

우리는 실수를 잘 합니다
어제도 한 실수 오늘도 또 하고
다시는 안 할 것 같은 실수도 또 하고
같은 사람에게 한 실수 다시 반복하고
똑같은 상황에서 똑같이 실수하고

다시는 '실수'를 안 하겠다고 말하지 마세요.
실수도 자기를 '실수'라고 부르는 걸 싫어해요.
실수에게 이름을 붙여줍니다.
나에게 지혜로움을 가져다주는 '사랑'으로

일상이 변하기 시작 합니다.
 '실수'가 '사랑'으로

실수 Box

사랑

환경과 트렌드

산업화가 급속도로 이루어지는 영국의 한 지역.
하얀 나방들이 거주하는 동네가 있었어요.

어느 날, 하얀 나방들이 모여 사는 동네에 검정나방이 나타났
어요. 모든 하얀 나방들은 검정나방을 '왕따' 시키기 시작했죠.
 '야, 너 뭔데, 색이 검어 가지고'
 '주위 하고 어울리지도 않게 튀고'

그 지역이 산업화 되면서 공장의 매연으로 인해
하얀색 나방이 줄어들기 시작했어요.
검은색 환경에 하얀 나방이다 보니 새들에게 잘 보여,
먹잇감이 되어 버렸던 거죠.

얼마 후,

검정나방이 환경의 트렌드를 타고 유행하는 색이 되었어요.

모두들 검정 나방을 부러워하기 시작했어요.

여러분의 색깔을 당당하게 유지하면

여러분의 단점도 강점이 되는 시대가 옵니다.

흔치 않은 삶을 살려면 흔한 일을 잘 해야 합니다.

아침 일찍 일어나기

만나는 사람마다 웃어주기

건강한 몸을 위한 운동하기

긍정적으로 생각하기

어릴 적 학교 다닐 때 다 배운 것들을

오늘도 실천해 봅니다.

흔한 일을 잘 하면 흔하지 않는 삶이 됩니다.

사랑과 편리

전화기를 발명한 벨.
어머니와 아내가 청각장애인이었던 그레이엄 벨.
소리를 키워보려고 노력하다가
전화기를 발명하게 되었습니다.

인터넷의 아버지라 불리는 빈턴 서프.
청각장애인인 아내와
충분히 이야기를 나누고 싶은 열망에
이메일로 발전하게 되는 전자 통신법을 만들었습니다.

누군가의 사랑이 우리를 위한 편리한 세상을 만들었어요.

감각과 경험의 진실

우리의 눈은 말합니다.
"지구가 평평하게 고정되어 있다고."

우리의 손은 느낍니다.
"잡고 있는 펜이 단단하다고."

하지만, 알고 보면
지구는 평평하지도, 펜은 단단하지도 않습니다.

한 시간에 1,600Km씩 자전하고,
한 시간에 1,800Km씩 공전합니다.

내가 잡고 있는 펜은 원자들로 구성되어 있고
그 원자들도 넓은 공간에서
엄청난 속도로 회전하는 소립자들로 이루어져 있습니다.

우리가 하는 경험이란

'감각을 믿도록 교육받은 경험' 입니다.

우리의 경험이, 우리의 감각이

전부일 수 없는 이유입니다.

오래된 나

고정관념, 경험, 내가 알고 있는 지식, 그리고 습관들

우리는 항상 새로움에 대해 기대하면서도
우리의 낡은 시간에 너무나 많은 부분을 의지하고 살아갑니다.

새로운 나를 만날 수 있는 건,
낡은 시간의 나를 얼마나 버릴 수 있는가의 문제입니다.

익숙함

회사 생활을 참 오랫동안 했습니다.
익숙해지고 있는 나를 느끼지 못했습니다.

시스템으로 살아가고
시스템에 익숙해져 있고
시스템 내에서 강한 사람이 되어 있었습니다.

그 시스템이 없어진 어느 순간,
내가 얼마나 나약한지 깨달았습니다.

이제는 '나다움'이 나를 움직이게 하는 시스템이 되었습니다.

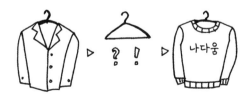

근거 없는 자신감

자신감 = 자신을 믿는 힘.

자신감이 환경을 만들어갈 때, 강해지고
자신감이 불안감을 안아 줄 때, 젊어지고
자신감이 모자람을 극복할 때, 당당해지고
자신감이 편견을 인식할 때, 유연해지며
자신감이 시선에 흔들리지 않을 때, 창의적으로 됩니다.

근거 없는 자신감이 필요한 이유는
모든 환경, 불안감, 모자람, 편견, 시선에는 근거와 이유가 있기
때문입니다.

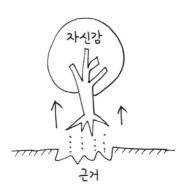

재능의 수요

많이 부족한 시절,
공급한 만큼 수요가 만들어졌어요.

요즘처럼, 공급이 풍부할 정도로 늘어난 시대는
수요가 공급을 만들어 냅니다.

재능도 수요를 발견하세요.
내가 가진 작은 재능이
다른 이에겐 큰 도움이 될 수 있습니다.

쓸모 없는 재능은 없습니다.
무엇을 어디에 사용할지 발견을 못했을 뿐입니다.

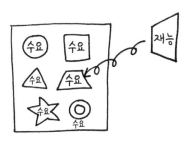

사랑하는 생각
사랑받는 생각

질

문

첫 질문

'할까 말까?' vs '언제 할까?'

'떠날까 말까?' vs '언제 떠날까?'

아무것도 아닌 차이 같지만 삶의 질을 결정하는 차이입니다.

끊임없이 반복되는 질문의 악순환

'이 일을 할까 말까?'

'여행을 떠날까 말까? '

언제가 결론이 나는 질문의 선순환

'이 일은 지금 할까?'

'여행을 위해 비행기 티켓을 지금 살까?'

우리가 생각만 하고 결정을 못하는 이유는,

우리가 모자라서, 우리가 의지가 없어서,

우리가 노력을 안 해서도 아닙니다.

단지 첫 질문이 잘못되었을 뿐입니다.

사랑하는 생각 사랑받는 생각

자신다움?

자신다움이란

비상식적이 것이 아니라, 남들과 다른 생각을 가졌다는 것

불완전한 것이 아니라, 완전해지고 있다는 것

흠이 있는 것이 아니라, '채울 구석'이 있다는 것

실수를 하는 것이 아니라, 경험을 하나 더 쌓고 있다는 것.

나다움을 잃는다면

나는 비상직적이고, 불완전하며,

흠이 있고, 실수만 하는 사람일 수 있습니다.

하지만 나다움을 당당하게 가지고 있기에

특별한 생각으로 완전함을 위해 노력하고

하나라도 더 채울 구석이 있으며

경험의 가치를 더 쌓아가는 멋진 사람이 될 수 있습니다.

행복까지 가야 할 거리는?

당신이 하고 싶은 말

"나한테 관심 좀 가져줄래."

"제대로 해야지."

"그 사람은 그게 문제야."

당신이 듣고 싶은 말

"사랑해요."

"감사합니다. 당신은 정말 대단해요."

"스마트하고 참 좋은 사람이예요."

하고 싶은 말, 듣고 싶은 말의 차이가
행복까지 가는 거리입니다.

우리는 아는 만큼 보는 것일까요?

우리는 의식하는 것만 봅니다.
의식은 '세상을 보는 틀'이기 때문입니다.

주위에 사람들을 둘러보세요.
'불만 의식'이 잣대가 된 사람은
무엇을 듣든 불평부터 하고
'아니야'라는 의식으로 가득 찬 사람은
어떤 의견이든 '아니야'라고 하고
'해본 경험'이라는 의식으로 가득 찬 사람은
'내가 해 봤는데'라는 틀만으로 세상을 봅니다.

눈에 보이는 세상은
있는 그대로의 세상이 아니라
우리의 의식이 지어낸
'만들어진 세상'을 보고 있는 것입니다.

당신의 상상력은 건강한가요?

정말 불가능한 일이라 못하는 건지
아니면, 불가능할 것이라는 생각 때문에 못하는 건지

정말 어려운 일이라 못하는 건지
아니면, 어려울 것이라는 생각 때문에 못하는 건지

정말 두려운 일이라 못하는 건지
아니면, 두려울 것이라는 생각 때문에 못하는 건지

우리는 상상력을 발휘하지 말아야 할 곳에서
너무나 많은 상상력을 사용하고 있습니다.

약도, 상상력도 남용하면 해롭습니다.

인생은 짧고 예술은 길까?

히포크라테스는 말했습니다.

"인생은 짧고, 예술은 길다."

히포크라테스 시절에는 맞는 말이었습니다.

하지만, 평균 수명을 보면 지금은 상황이 변했습니다.

히포크라테스는 살았던 시기가 BC 460~377(?).

그때와 비교하면 수명은 정말 많이 늘었습니다.

우리나라 평균수명도,

삼국시대에는 25세

1800년대는 37세

1900년대는 45세 이던 것이

2000년대에는 80세가 되었고,

최근에는 100세 시대가 열렸습니다.

히포크라테스도 아마 이렇게까지 수명이
늘어날지 예상 못했을 겁니다.
오늘 만난 어느 한 어르신이,
 "이 나이까지 살고 보니 인생 참 길구나!"
하시던 말씀이 생각납니다.

우리는 어릴 적부터
 '인생은 짧고 예술은 길다.'에 너무 세뇌당하며 살아왔습니다.
그래서 한탕주의에, 인생무상에, 짧은 찰나에만,
욕망을 채우고 싶은 생각에 사로잡히기도 했습니다.

 "인생은 길고, 예술도 깁니다."
 "당신의 긴 인생이, 긴 예술이 될 수도 있는 세상입니다."

실패인지 포기인지?

실패인지 포기인지 지난 일들을 생각해 봅니다.
대부분 실패의 경험은 포기입니다.

실패할 것 같아서 포기하는 것과
포기하기 때문에 실패하는 것

실패와 포기를 다른 뜻으로 말하고 싶어 하지만
우리의 무의식은 똑같이 받아들입니다.

마음의 근육

아들이 아빠에게 물었어요.
"아빠 왜 울면 힘들어요?"

아빠가 대답합니다.
"운동을 하면 힘들지? 몸에 있는 근육을 사용하기 때문이지."
"울 땐 마음의 근육을 사용해서 힘들어."

마음의 근육을 풀어줘야 할 때가 있습니다.
한 번씩 멍하니 앉아있는 이유입니다.

마음이 시키는 일, 두근거림

어른들은 이렇게 얘기하죠.
 "마음이 시키는 일을 하라고…"
근데 마음이 시키는 일이 뭔지 어떻게 알죠?

마음 수련을 많이 해서, 명상을 오랫동안 해 온 것도 아닌데…
그럴 땐, 이 방법을 활용해 보세요.
마음이 말하는 언어 '두근두근어'를 잘 들어보세요.

좋아하는 일, 좋아하는 사람, 좋아하는 여행을 생각하면
가슴이 두근두근 하죠.
이렇게 마음은 우리에게 '두근두근어'로 얘기해 줍니다.

책을 쓰고 싶은 두근거림이 작가를 만들고,
축구를 하고 싶은 두근거림이 축구선수를 만듭니다.

지금 당신은 어떤 것에 마음이 두근거리나요?

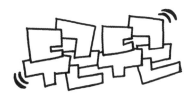

당신의 채널은 몇 번인가요?

아침에 일어날 때, 생각의 채널들

생각 채널 1. 10분만 있다가 일어나는 무의식의 생방송

생각 채널 2. 어제 늦게 잤으니까, 5분 정도는 괜찮다는
의식의 생방송

생각 채널 3. 꿈만 꾸기보다, 꿈을 이룬 세상의 모습을 그려주는
꿈의 생방송

후회할 것 같은 생각에 방송시간을 주면 안 됩니다.
그것도, 현지 생방송 시간에.

하루의 시작

내 하루는 언제부터 시작할까요?

눈을 떠서 일어나는 시간부터일 수도
출근해서 자리에 앉는 순간부터일 수도
의무적으로 해야 할 일을 하는 시간부터일 수도 있어요.

내 하루는 내 꿈을 생각하기 시작하면서부터 시작됩니다.
'내' 하루니까요.

자신은 알고 있는 진실

"선배, 요즘 고민이 많은데 어떻게 하면 될까요?"

"음, 명상을 해 볼래요?"

"그게 도움이 되겠어요?"

명상을 접하고 나서 성격이 많이 변했습니다.

사실, 성격이 많이 변한 것이 아니라

원래의 제 모습으로 살아가는 방법을 알게 되었습니다.

남들이 인정해 주지 않아도

자신은 알고 있는 진실들이 있습니다.

나는 나에게 객관적일 수 없습니다

내가 좋아하는 음식을 먹는가?
아니면, 내 몸이 좋아하는 음식을 먹는가?

내가 원하는 삶을 사는가?
아니면, 내 삶이 나에게 원하는 삶을 사는가?

누군가의 기적을 보고 놀라기만 하는가?
아니면, 내가 살고 있다는 것이 기적인 것을 알고 있는가?

평범한 질문 앞에 머뭇거린다면,
나는 나에게 객관적일 수 없습니다.

지금 필요한 것이 무엇인지 아는 능력

지금 필요한 것이 무엇인지를 알고 계시나요?
우리는 시간이 지난 한참 후에,
과거에 무엇이 절실히 필요했는지를 느낍니다.

'그때 공부 더 할걸.'
'그때 가족과 더 많은 시간을 보낼 걸.'

어쩌면,
지금도 그때와 똑같은 일상을 반복하고 있을 줄도 모릅니다.
미래의 모습은 지금 이 순간에 필요한 것을 알고 실천하는 것에
달렸습니다.

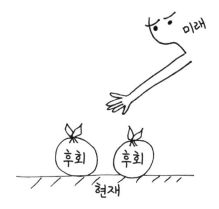

행복은 상상력의 합

행복은 '상상력의 합'입니다.
살면서, 결과 덕분에 행복한 적이 얼마나 있을까요?

원하는 대학에 입학한 순간
좋은 기업에 취업을 한 날
회사에서 승진한 날
자기만의 새로운 사업을 시작한 날
이렇게, 행복한 결과가 있는 날에만 행복할 수 있다면,
1년에 몇 번쯤 그 정도의 행복을 느낄까요?

우리를 지속적으로 행복하게 만드는 것은
현실의 나타난 결과가 아니라
끊임없이 이어지는 상상의 과정입니다.

아침에 일어나면, 어제보다 행복할 거란 상상

점심엔, 먹고 싶었던 맛집에 갈 수 있다는 상상

저녁엔, 좋은 사람들과 만날 것이라는 상상

한 달 후에는 해외여행을 하고 있을 거란 상상

좋은 상상은 '의도'를 가지고 생각해야 합니다.

상상하는 것은 힘이 들기 때문에 '상상력'이라고 말합니다.

어떻게 보면, 즐거움을 주는 이런 글쓰기도

손가락과 생각이 만들어내는 상상력의 힘이 아닐까요?

행복가방